216

Dirección editorial:
Departamento de literatura GE

Dirección de arte:
Departamento de imagen y diseño GE

Diseño de la colección:
Manuel Estrada

*El 0,7% de la venta de este libro
se destina a proyectos
de desarrollo de la ONGD SED
(www.sed-ongd.org).*

© Del texto: Paloma Sánchez Ibarzábal
© De las ilustraciones: Jacobo Muñiz
© De esta edición: Grupo Editorial Luis Vives, 2015

Impresión:
Edelvives Talleres Gráficos. Certificado ISO 9001
Impreso en Zaragoza, España

ISBN: 978-84-263-9528-3

ALA DELTA

El enredo de Miguel

Paloma Sánchez Ibarzábal

Ilustraciones
Jacobo Muñiz

EDELVIVES

A mi sobrino Miguel,
el protagonista de este libro.
P.S.I.

De la luna colgaba un hilo.
Un hilo largo, largo… tan largo
que llegaba hasta el jardín
de la casa de Miguel.
Miguel lo vio y lo agarró.
«¿Qué pasará si lo jalo?», pensó.
Recordó lo que decía
su mamá cuando un hilo
colgaba de su camiseta
o de sus calcetines:
«¡Ni se te ocurra jalarlo!».

¡Pero nunca le había dicho que
no jalara los hilos que cuelgan
de la luna!

Así que jaló muy despacio hacia
la derecha. Luego, hacia la izquierda.
Y la luna se movió, primero
hacia un lado y luego hacia el otro,
como si fuera un globo.
Seguía el movimiento de la mano
de Miguel.

—¡Me voy a dar la vuelta
al mundo y me llevo a la luna
—le anunció Miguel a su mamá.

—Bueno, pero vuelve pronto.
Yo salgo un momento a comprar pan.

Miguel se montó en su bici nueva.
Con una mano sujetaba el hilo
y con la otra dirigía el manubrio.
La luna lo seguía por el cielo.

Dio tres veces la vuelta alrededor
de su casa, que de momento era todo
el mundo que le dejaban recorrer.
¡Y acabó agotado! Entró de nuevo
en el jardín.

—¿Qué puedo hacer con este hilo?
—se preguntó—. ¡Ya lo sé! Treparé
por él hasta llegar a la luna.

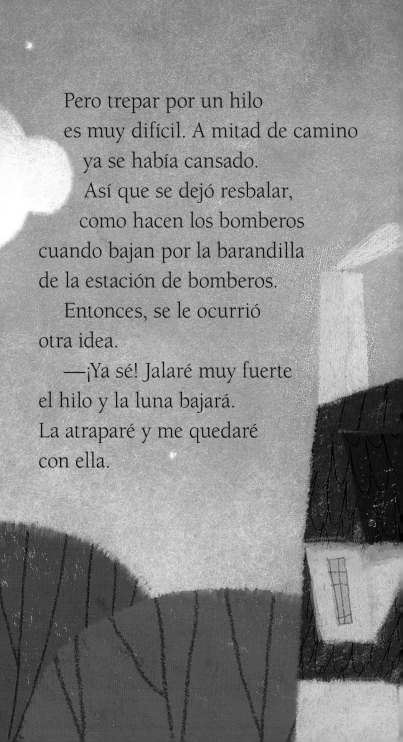

Pero trepar por un hilo
es muy difícil. A mitad de camino
ya se había cansado.

Así que se dejó resbalar,
como hacen los bomberos
cuando bajan por la barandilla
de la estación de bomberos.

Entonces, se le ocurrió
otra idea.

—¡Ya sé! Jalaré muy fuerte
el hilo y la luna bajará.
La atraparé y me quedaré
con ella.

Y Miguel jaló fuerte, muy fuerte…
¡Jaló con la fuerza de un camión!
¡Con la fuerza de dos elefantes!
¡Con la fuerza de tres dinosaurios!
¡Jaló hasta con la fuerza de papá!
Pero la luna no bajó ni un centímetro.

Entonces, Miguel se fijó muy bien
en la luna. Y vio algo que… ¡lo dejó
muy preocupado!
　　De tanto jalar y jalar,
¡se estaba deshaciendo por el borde!
　　—¡Huy…! Ahora le falta un pedazo…

Miguel se asustó.

Estaba seguro de que lo regañarían.

Pero tenía demasiada curiosidad.

¿Qué pasaría si seguía jalando?

No lo dudó más y ¡jaló!

La luna siguió deshaciéndose
como si fuera de lana hasta que...
¡desapareció!

—Creo que voy a dañarla...
—se dijo Miguel.

¡Pero el hilo parecía no tener fin!
Seguía enganchado al cielo
por un extremo. ¿Y qué se puede
hacer con un hilo que cuelga
del cielo, sino jalar?

—¿Qué habrá al final del hilo?
¡Quiero saberlo! —se dijo Miguel.

Así que jaló. Y el hilo empezó
a correr de un extremo a otro,
deshaciendo el cielo.

El hilo llegó a una estrella.

Miguel jaló: la estrella se deshizo.

Luego llegó a otra…, y a otra…,
y a otra…, ¡y a la última!

Todas desaparecieron.

Y como el hilo seguía colgando,
Miguel no dejaba de jalar…
El hilo llegó a una nube.
Miguel jaló y la nube desapareció.
Y luego llegó a otra…, y a otra…,
y a otra…, ¡y a la última!
Cuando quiso darse cuenta…
¡ya no quedaba cielo sobre su cabeza!

¡Pero el hilo no se acababa!
Ahora había alcanzado la línea
del horizonte y Miguel seguía
empeñado en llegar al final.

—¿Qué pasará si sigo jalando?

Y jaló. Entonces, desde el fondo
de la calle vio cómo se empezaron
a deshacer los árboles: un árbol…,
y otro…, y otro…, y el último.

Y las casas. Una casa…, y otra…,
y otra…, y la última.

Y los columpios. Un columpio…,
y otro…, y otro…, y el último.

El hilo corría e iban
desapareciendo las aceras, los autos,
las plazas, las personas…

¡Hasta que llegó al jardín de su casa!
El hilo parecía no terminarse nunca.
Pero tampoco se acababa
la curiosidad de Miguel.
¿Qué pasaría si jalaba un poco más?

¡No pudo resistirse!

Jaló y se deshizo el muro de piedra.

Jaló y se deshizo una flor de su jardín.

Y jaló un poco más…,
y desapareció otra flor…, y otra…,
y otra…, ¡y la última!

El jardín iba desapareciendo.

El hilo corrió hasta que llegó
a la punta de su dedo gordo del pie.

—Y ahora, ¿qué pasará si…?

Y sin pensarlo demasiado…
¡jaló! Su dedo gordo…
¡también desapareció!

—Creo que me metí en un enredo
—se dijo Miguel mientras miraba
el hueco vacío que había dejado
su dedo.

Pero ¿dónde acabaría el hilo?

—¿Qué pasará si…?

Y Miguel estaba a punto
de jalar de nuevo cuando…
¡dos manos llegaron justo a tiempo!
Las manos cogieron el hilo.
Lo enrollaron rápidamente al pie
de Miguel.
Hicieron un nudo muy fuerte.

Miguel levantó la cabeza y vio que era su mamá.

Sintió alivio al verla y la abrazó. ¡Menos mal que ella no se había deshecho!

Cuando vio todo el estropicio, su mamá dijo:

—¡En qué enredo te metiste!

Miguel abrazó a su mamá y se puso a llorar.

—Quiero que vuelva mi dedo gordo… Y el jardín… Y la calle… Y la luna… Y las estrellas… ¡Y todo lo demás!

—Hum… Veremos qué se puede hacer.

La mamá de Miguel se sentó
en el escalón de la entrada de la casa,
abrió su bolso y empezó a rebuscar.
Primero, sacó un montón
de cosas que no resolvían nada:
una caja llena de botones dorados,
una botella para hacer burbujas de jabón,
un chicle masticado diez mil veces,
una piedra azul de la buena suerte,
un corazón rojo brillante,
y un dulce de algas de mar.
Hasta que encontró
lo que necesitaba…

Entonces, la mamá de Miguel
lo sentó en sus piernas,
agarró el extremo del hilo,
lo enrolló en las agujas
para tejer que acababa
de sacar del bolso y le dijo:
—Bueno, Miguel, vamos
otra vez a tejer todo.